Herzwärmer

Da wird Ihnen warm ums Herz!

von Claudia Neudörfer

Texte von Claudia Neudörfer
Fotos von Alfred und Claudia Neudörfer
Cover Gestaltung von Isabella Chaib und
Eddie Krieger

ISBN: 9783734782565
Herzwärmer – Da wird Ihnen
warm ums Herz

Bibliografische Information der Deutschen Nationalbibliothek:
Die Deutsche Nationalbibliothek verzeichnet diese Publikation
in der Deutschen Nationalbibliografie; detaillierte bibliografische
Daten sind im Internet über dnb.dnb.de abrufbar.

Impressum:
© 2016 Claudia Neudörfer
Herstellung und Verlag: BoD-Books on Demand,
Norderstedt
ISBN: 978-3-7347-8256-5

Herzwärmer

1. Das ist jetzt so Mode!
2. Der 60. Geburtstag
3. Der Apfel
4. Nanni
5. Komm, wir gehen zum Tierarzt!
6. Das Paket
7. Kinder sind was Tolles?!
8. Zerrissene Erinnerung
9. Wo wollten wir noch mal hin?
10. Das Gift der Blüte
11. Dominik
12. Die gute Tat
13. Ferdinand der Weihnachtsbaum
14. Die Christbaumspitze
15. Der Weihnachtstraum

Foto: Alfred Neudörfer

Das ist jetzt so Mode!

Frauen gehen gerne einkaufen!
Ein Vorurteil, das man sich als Frau öfters anhören muss. Bei mir sieht das anders aus – ich hasse einkaufen! Besonders die Suche nach einem geeigneten Outfit für den ersten Besuch bei meiner Schwiegermutter in spe stellte mich vor eine große Herausforderung.

Dieses Outfit sollte meine Vorzüge (welche waren das doch gleich?) betonen, aber auch nicht zu auffällig sein.
In den ersten Läden stieß ich nur auf Garderobe für Teenager und Size-Zero-Models und das bin ich beim besten Willen beides nicht – weshalb ich diese rückwärts wieder verließ.
Ich erinnerte mich dabei an eine Begebenheit in einem Kleidungsgeschäft, das ich vor ein paar Jahren zusammen mit meiner Mutter betrat. Wir schlenderten durch die Reihen mit

Kleidungsständern, während uns der Verkäufer auffällig musterte. Schließlich trat er an uns heran und sagte: „Sie sind zu alt und Sie sind zu fett, ich kann Ihnen leider nichts anbieten." Ich war sprachlos. Ganz offensichtlich waren wir nicht das richtige Publikum für seinen Laden.

„Na danke fürs Gespräch, eigentlich wollten wir etwas für meinen Mann kaufen, aber das hat sich ja jetzt erledigt", stieß meine Mutter hervor.

So wurde ich unsanft darauf hingewiesen, es vielleicht lieber mit „großen Größen" zu versuchen.

Endlich fand ich einen Laden, in dem es auch für mich etwas zu geben schien, und ich lief suchend durch die Gänge. Ich fragte mich, warum die Marken der großen Größen eigentlich immer so beleidigende Namen haben müssen. „Grandiosa", „BIG Fashion", „Rubens Collection"? Dann könnten sie doch gleich „Elefantenzeltverleih", „Happy Hippo" oder „Hella von Sinnen Kollektion" heißen, dann hätten die molligen Damen in ihrem Elend wenigstens etwas zu lachen.

Schließlich hatte ich einen „neutralen" Klamottenständer gefunden und machte mich daran, ihn nach etwas Geeignetem zu durchforsten. Im Eilschritt kam eine junge Verkäuferin auf mich zu. Ich überlegte gerade noch, ob ich unter dem Verkaufsständer abtauchen und so tun sollte, als ob ich einen Ohrring verloren hätte, da stand sie schon vor mir. Schlank wie eine Gazelle, top gestylt, gezupfte Augenbrauen, perfekter Lidstrich.

„Kann ich Ihnen helfen?", fragte sie übertrieben freundlich und mit einem strahlendweißen Zahnpastalächeln.

Leider musste ich einsehen, dass ein bisschen Hilfe wohl nicht verkehrt wäre und antwortete: „Ich suche ein Outfit, um mich bei meiner Schwiegermutter in spe vorzustellen."

Die junge Dame nickte und steuerte einen Kleiderständer mit der Aufschrift „Dralle Dörte" an. Dabei hatte ich mir doch geschworen, dass ich nichts von diesen unhöflichen Ständern kaufen würde! Aber was blieb mir anderes übrig. Ergeben wackelte ich der Bohnenstange hinterher und schaute zu, wie sie ein schwarzes Kleid herauszog. Es schien mir, als würde es ihr Mühe bereiten, das breite Kleid zu halten, und sie suchte mit den Augen nach einer Kollegin, die ihr beim „Ausklappen" des Stoffes helfen könnte.
„Schwarz?", fragte ich. „Ich gehe doch nicht zu einer Beerdigung."
„Bei Ihren weiblichen Rundungen wäre diese Farbe sehr ansprechend", gab sie zurück.
Das sagte sie, was sie aber meinte war: „Sie sind einfach zu fett, Schwarz ist die einzige Farbe, die Sie überhaupt tragen können, machen Sie sich da keine Illusionen."
Also lächelte ich nur freundlich und die Verkäuferin hängte das Kleid in die Kabine.

Sie schien es als ihre Mission und auch Herausforderung anzusehen, mir ein bisschen etwas über Mode beizubringen.

Ich ging in die Kabine, stülpte das Kleid über meinen Kopf und machte mir dabei Gedanken, wie ich je wieder herauskommen sollte. Ich hielt die Luft an und bekam das Kleid tatsächlich zu. Als ich mich im Spiegel betrachtete, fiel wieder einmal auf, wie grausam diese Spiegel in den Kabinen waren. Bevor ich den Anblick verdaut hatte, riss die Verkäuferin den Vorhang auf und überhäufte mich mit Komplimenten.

„Das ist genau das richtige Kleid für Sie, das wird Ihrer Schwiegermutter bestimmt gefallen."

Ich stellte mir vor, wie ich in diesem Aufzug vor meiner Schwiegermutter stand und ihr lächelnd die Hand reichte: „Gestatten, Rollmops – ich möchte Ihren Sohn heiraten!"

„Meinen Sie nicht, dass das Kleid etwas zu eng sitzt?", fragte ich.

„Nein, nein, das trägt man so. Das ist jetzt so Mode!", antwortete sie überzeugt.

Ich schluckte und verschwand wieder in der Kabine. Langsam zog ich mich wieder aus, ganz vorsichtig, um das Kleid nicht zu zerreißen.

Nachdem ich mich wieder angezogen hatte, hörte ich, wie die Verkäuferin von einem anderen Kunden angesprochen wurde und ihren Wachplatz vor meiner Kabine verließ. So schnell mich meine Füße trugen, eilte ich an den Kassen vorbei aus dem Geschäft hinaus. Das Kleid ließ ich in der Kabine zurück. Spontan beschloss ich, zu dem Treffen mit der Schwiegermama meine alte blaue Strickjacke und meine Lieblingsjeanshose anzuziehen.

„Wenn sie mich nicht mag wie ich bin, dann soll sie es halt lassen", dachte ich trotzig und klopfte am nächsten Tag mit einem Blumenstrauß in der Hand an die Haustür meiner Schwiegermutter. Sie öffnete und reichte mir lächelnd die Hand.

„Schöne Strickjacke!", sagte sie. „Ich hab die gleiche in Grün."

Foto: Claudia Neudörfer

Der 60. Geburtstag

„Manchmal treibst du mich wirklich in den Wahnsinn!" Hilde schnaubte verächtlich und warf einen kapitulierenden Blick auf ihren Mann.

„Ich habe keine Ahnung, was du meinst!", gab ihr Göttergatte Manfred zurück und starrte in seine Zeitung. Hilde konnte hinter der Zeitung nur die schüttere Haarpracht ihres Mannes hervorlugen sehen. Wobei auch sein kleines Wohlstandsbäuchlein etwas hervorstand.

„Natürlich nicht, du merkst ja nie was!"
Der zuckte einfach nur mit den Schultern und machte keine Anstalten aufzusehen.

„In Wirklichkeit ist es dir einfach egal, denn bis jetzt hat sich immer jemand anderes darum gekümmert!", rief Hilde trotzig.

„Ja, genau." Er ließ die Zeitung sinken und ein spitzbübisches Lächeln kam zum Vorschein.

„Genau, nämlich ich!" Hildes Stimme überschlug sich fast vor Wut. Sie kniff die Augenbrauen zusammen.

„Wenn du meinst, dass es dir hilft, die Planung deines 60. Geburtstages auf die lange Bank zu schieben, dann irrst du dich. Und du wirst trotzdem 60, ob du nun feierst oder nicht!" Hilde ließ sich auf einen Stuhl fallen, um sich von ihrer Schimpftirade zu erholen. „Du hast ja nicht mal einen Saal bestellt oder Einladungen an die Familie verschickt."

„Ach, immer diese bucklige Verwandtschaft! Ich dachte, wir könnten mal alleine feiern!" Er rieb sich seinen weit nach hinten gerutschten Haaransatz und warf seiner Frau einen entschuldigenden Blick zu.

„Das ist nicht dein Ernst, Manfred!"

„Wir könnten doch eine Kreuzfahrt buchen. Nur du und ich ... ohne die bu... äh, Verwandtschaft." Manfred wagte es kaum, seiner Frau in die Augen zu sehen. Ihre Blicke durchstachen ihn wie Tausende von Nadeln.

„Das kann man bei einem 60. Geburtstag nicht machen, die Familie erwartet ein Fest! Die freuen sich doch bestimmt schon alle, dass sie dich reich beschenken dürfen." Hilde versuchte mit einem kleinen Lächeln die Stimmung zu heben.

„Du meinst, sie freuen sich darauf, auf meine Kosten umsonst essen und trinken zu können bis zum Umfallen!"

„Manfred!" Sie knallte so heftig ihre Hand auf den Tisch, dass er zusammenzuckte.

„Aber ist doch wahr! Dein Vater war bei der letzten Feier so betrunken, dass er jedes weibliche Wesen, das nicht bei drei auf den Bäumen war, angebaggert hat. Er hat erst nach einer Stunde gemerkt, dass er den Garderobenständer zum Tanzen aufgefordert hatte!" Um Manfreds Mundwinkel zuckte es.

„Und dein Onkel Hans hat allen unanständige Witze erzählt, bis wir rote Ohren hatten und Bauschmerzen vom Lachen", fügte er hinzu.

„Ach ja, deine Schwägerin hat sich beim

Buffet dreimal den Teller vollgeladen und zur Krönung auch noch ihre Tupperschüsseln rausgeholt, um die Reste einzupacken!"
Manfred konnte sich kaum mehr bremsen.
„Sei du doch still, das Kind von deinem Arbeitskollegen hat die ganze Bude zusammengebrüllt. Das war ja nicht auszuhalten! Und am Schluss hat es die Tischdecke mitsamt dem Kaffeegeschirr runtergezogen!"
„Na ja, wenigstens hast du so ein neues Kaffeeservice bekommen", sagte Manfred und konnte sein Lachen nicht mehr unterdrücken.
„Ja, da hast du recht." Nun konnte Hilde auch nicht mehr an sich halten und fiel in das Gelächter ihres Mannes ein.
„Ok, du hast gewonnen, wenn du lieber eine Kreuzfahrt machen möchtest, anstatt der Familienfeier …"

Manfred beobachtete mit einem seligen Lächeln Hildes Gesicht. Ihre gütigen Augen hatten die wütenden Augenbrauen verdrängt. „Nein, ist schon in Ordnung. So eine Familienfeier kann doch ganz lustig werden!"

Foto: Alfred Neudörfer

Der Apfel

Jan saß an einem sonnigen Oktobermorgen auf der Treppe seines Elternhauses. Sie wohnten in Hamburgs Nobelviertel, genauer gesagt in Harvestehude. Jans Vater hatte ihm erklärt, dass dies ein Wirtschaftsstandort für die Werbe- und Medienindustrie wäre und sich nur die wohlhabendsten Familien ein Haus in diesem Viertel leisten könnten. Ehrlich gesagt verstand er nur die Hälfte von dem, was sein Vater gesagt hatte, aber er wusste, dass seine Familie reich war. Sein Vater und seine Mutter hatten ihre eigene Kanzlei im Stadtzentrum.

Jan hatte Herbstferien und wollte heute mit seinen Eltern in den Zoo fahren. Ungeduldig strich er sich eine Strähne seiner blonden Haare aus dem Gesicht und versteckte sie unter der Mütze. Sein Vater, wie immer in einem schwarzen Anzug, und seine Mutter in

einem schicken, violettfarbenen Kostüm drückten sich mit ihren Aktentaschen an Jan vorbei. Jan hob den Kopf. „Ich dachte, wir gehen heute zusammen in den Zoo?"
„Tut mir leid, mein Sohn, deine Mutter und ich müssen in die Kanzlei. Lies doch in dem Buch, das ich dir geschenkt habe", schlug sein Vater vor und verschwand rasch durch die Tür.
Jan hatte wirklich keine Lust, in seinen Ferien alleine zu Hause rumzusitzen. Und dieses doofe Buch „Wie werde ich Rechtsanwalt" wollte er auch nicht lesen, außerdem wollte er überhaupt kein Rechtsanwalt werden, sondern Rennfahrer.

Er beschloss, alleine in die Stadt zu fahren. Schließlich war er schon öfter S-Bahn gefahren und war ja bereits zehn Jahre alt. Auf dem Weg zur S-Bahn-Station kam er an der Kleingartenanlage von Herrn Maier vorbei. Jan warf einen Blick auf die zwei voll behangenen Apfelbäumchen. Er beugte sich über den Zaun und angelte sich einen recht schönen, glänzenden Apfel. Plötzlich tauchte Herr Maier hinter dem Zaun auf. Er sah wütend aus und seine Glatze glänzte mit den Äpfeln um die Wette. Jan nahm die Füße in die Hand und rannte mit seiner Beute davon. Von Weitem hörte er noch Herrn Maier schimpfen, was er doch für ein frecher und ungezogener Apfeldieb sei. Jan biss in den Apfel. Angeekelt spuckte er den Bissen gleich wieder aus. Er mochte viel lieber Sachen aus Zucker, wie Schokolade und Bonbons. Dieser Apfel war sauer und schmeckte ihm überhaupt nicht. Jan kaufte eine Fahrkarte für die S-Bahn und fuhr bis zu der Haltestelle des Zoos.

Beim Aussteigen bemerkte er ein paar merkwürdige Menschen. Sie hatten Decken und Isomatten dabei, manche von ihnen schoben einen Einkaufswagen vor sich her, in dem Klamotten, Decken und haufenweise

Flaschen lagen. Auf einer Parkbank saßen zwei Männer mittleren Alters, die in lumpenartige Kleidung gehüllt waren. Auf der Bank hockte auch ein kleiner Junge mit schwarzen Locken, er musste wohl so alt sein wie Jan selbst. Er trug ebenfalls schmutzige, abgetragene Kleidung. Der Junge hatte bemerkt, dass Jan ihn interessiert musterte, und ihre Blicke trafen sich. Schnell schaute Jan wieder weg, stieg in die S-Bahn und fuhr davon. Der Anblick dieser Menschen machte ihn nachdenklich und verwirrte ihn zugleich sehr.

Als seine Eltern am späten Nachmittag nach Hause kamen, stürmte Jan sofort zu seinem Vater. „Du, Papa?"
Jans Vater stellte seine Aktentasche im Flur ab und zog sein Sakko aus. „Was ist denn, mein Sohn?" Er setzte sich an den Küchentisch.
„Papa, ich habe in der Stadt so merkwürdige Menschen gesehen", erzählte Jan aufgeregt.

„Was denn für Menschen?", fragte sein Vater.
„Na, sie hatten ganz zerlumpte Kleidung an und Decken dabei, so als ob sie dort schlafen wollten", sagte Jan.
„Das sind Obdachlose. Du hast doch nicht mit ihnen gesprochen, oder?", fragte sein Vater und beäugte ihn kritisch.
„Nein, habe ich nicht. Aber was bedeutet obdachlos?"
„Das sind Menschen, die kein Geld für eine Wohnung, Kleidung oder etwas zu Essen haben", erklärte Jans Vater und seufzte genervt.
„Aber warum haben wir so viel Geld und diese Menschen haben nichts?", fragte Jan weiter. Nun hatte der Vater endgültig genug: „Diese Menschen sind einfach zu faul zum Arbeiten und jetzt lass mich, ich will nach der Arbeit meine Ruhe haben!"
Jan zuckte zusammen und verschwand wieder in seinem Zimmer. Als er am nächsten Tag an Herrn Maiers Gartenanlage vorbeikam und

wieder triumphierend mit einem gestohlenen Apfel wegrannte, hielt er kurz inne. Sein Blick ruhte auf dem Apfel und er spitzte leicht die Lippen, so wie er es immer tat, wenn er nachdachte. Dieses Mal warf er den Apfel nicht fort, sondern steckte ihn in seine Jackentasche. Er fuhr wieder an die Stelle vom Vortag zurück, da er hoffte, den Jungen wiederzusehen. Und tatsächlich kramte dieser in den Mülleimern auf dem Parkplatz. Langsam näherte er sich dem Jungen, der ganz in seine Arbeit vertieft war. Dann drehte er sich um und schaute erstaunt in Jans lächelndes Gesicht. „Äh, hallo, ich bin Jan und wie heißt du?", fragte Jan vorsichtig. „Ich heiße Gregor", antwortete der Junge leise. Jan bemerkte, dass Gregor schüchtern war. Sogleich fiel ihm wieder der Apfel in seiner Tasche ein und er kramte ihn hervor. „Hier, für dich", sagte er, während er Gregor den Apfel vors Gesicht hielt. Gregors Gesicht erhellte sich und seine Augen leuchteten. Er streckte die Hand nach dem Apfel aus.

„Danke!"

„Lebst du hier?", wollte Jan wissen.

„Ja, mit meinem Vater. Wir sammeln die Flaschen ein, um etwas Geld zu verdienen", antwortete Gregor.

„Mein Vater sagt, dass Obdachlose nur zu faul sind, um zu arbeiten, ist das wahr?", fragte Jan.

Georg sah ihn traurig an. „Mein Vater ist nicht faul, er hat vor einem Jahr seine Arbeitsstelle verloren, weil die Firma pleitegegangen ist. Wir konnten uns noch ein paar Monate über Wasser halten, aber irgendwann konnten wir die Miete und den Strom nicht mehr bezahlen. Also mussten wir hierher gehen."

„Und warum findet dein Vater keine neue Arbeit?", wollte Jan wissen.

„Viele haben Vorurteile, wenn sie ihn in den abgetragenen Sachen sehen und hören, dass er obdachlos ist."

„Ich verstehe, aber ich könnte meinen Vater mal fragen, ob er eine Arbeit für deinen Vater hat, er ist Rechtsanwalt und hat seine eigene Kanzlei", schlug Jan vor.
„Das wäre großartig!", strahlte Gregor.
Es war inzwischen kälter geworden. Jan bemerkte, dass Gregor neben ihm zitterte, also zog er kurzerhand seine Jacke aus und legte sie dem Jungen um die Schultern.
„Die kannst du behalten, ich habe genug Klamotten zu Hause", sagte er. Gregor konnte es kaum fassen und drückte Jan dankbar.

Jan wusste selbst nicht genau, wie er es geschafft hatte, dass sein Vater sich am Wochenende bereit erklärt hatte, mit ihm zu der S-Bahn-Station zu fahren, an der Gregor mit seinem Vater lebte. Vermutlich war Jans Vater von der Entschlossenheit und dem Mitgefühl seines Sohnes beeindruckt gewesen. Jan hatte ihm die Geschichte von Gregor und seinem Vater geschildert und war davon sichtlich ergriffen. Und dem Satz „Rechtsanwälte müssen doch allen Menschen helfen!", hatte er auch nichts entgegenzusetzen.

Jan hatte einen Fußball mitgebracht und spielte mit Gregor, während die beiden Väter sich die Hand schüttelten und eine Probearbeitswoche als Hausmeister vereinbarten.

Foto: Claudia Neudörfer

Nanni

Als unser innig geliebter Hund kurz vor seinem 15. Geburtstag starb, war nicht daran zu denken, dass wir uns je wieder einen Hund anschaffen würden. Er hieß Charly und war ein reinrassiger Dackel. Sein Fell war mit den Jahren ergraut, aber immer noch wunderbar weich. Seine Beine waren eher kurz geraten, wie es bei Dackeln eben üblich ist, was dazu führte, dass sich so mancher über seinen Gang amüsierte.

Charly hatte 15 Jahre meines Lebens begleitet – in meinem Fall die Hälfte meines Lebens. Ohne Hund fing ich schnell an, mich zu langweilen. Und wer ging schon mehrmals täglich aus dem Haus, wenn es regnete und stürmte, wenn er nicht gerade mit seinem Hund Gassi gehen musste? Ich jedenfalls nicht. Das Leben war für mich definitiv nicht lebenswert ohne Hund. Auch Heinz Rühmann war dieser Meinung, denn er sagte einmal den recht weisen Spruch: „Man kann auch ohne Hund leben, aber es lohnt sich nicht."

Als ich es im Februar nicht mehr aushielt, machte ich mich auf die Suche nach einem neuen Weggefährten. Schnell reifte in mir der Entschluss, dass es wohl besser wäre, einem Hund aus dem Tierheim oder einer Pflegestation eine Chance zu geben. Der Zufall wollte es, dass ich eine Woche später über die Kleinanzeigen eine sechs Monate alte Dackelmischlingshündin fand. Sie war von einer Tierrettungsorganisation aus einem Tierheim in Rumänien geholt worden und nun bei einer Pflegefamilie im Nachbarsort untergebracht. Ich griff sofort zum Telefonhörer und rief bei der genannten Pflegestelle an, um einen Termin für den nächsten Tag zu vereinbaren.

Es war bereits dunkel, als meine Mutter und ich am nächsten Abend bei der Pflegestelle ankamen. Die „Pflegemutter" kam mir im Hausflur entgegen und drückte mir sofort ein weiches Knäuel mit schwarzen Knopfaugen in den Arm. Ich konnte nicht viel erkennen im Halbdunkel des Hausflurs, aber ich spürte eine feuchte Zunge, die mein Gesicht ableckte. Wir folgten der Frau in das hell erleuchtete Wohnzimmer, wo ich das Fellknäuel auf dem Sofa abstellte. Ein etwas klein geratener, magerer Dackelwelpe sah uns an. Schwächlich schien er nicht zu sein, er sprang wie ein Gummiball auf den Sofakissen herum. Meine Mutter und ich setzten uns mit der Pflegemutter auf das Sofa. Ängstlich und dennoch neugierig rannte der schwarze Welpe immer wieder zu mir, um an meinem Jackenärmel zu ziehen und danach sofort wieder zu flüchten. Während die Pflegemutter versuchte den Welpen zu beruhigen, fing sie an zu erzählen.

„Das ist Nanni! Sie kam mit ihrer Schwester Hanni im Dezember 2011 aus einem Tierheim in Rumänien nach Deutschland. Die Hundemama hatte die beiden erst im September zur Welt gebracht und zwei Monate später war es schon so kalt, dass die Welpen zu erfrieren drohten. Die lange Autofahrt in einer Box hat sie leider etwas verschreckt."

Als das schwarze Knäuel etwas Pause von seinem „Turnprogramm" auf dem Sofa machte, fiel mir sofort das schwarze, wunderschön glänzende Fell auf. Es war sehr kurz und weich. An der Brust prangte ein langgezogener weißer Fleck. Die schwarzen Augen blickten wie kleine Scheinwerfer interessiert auf mich, trauten sich aber dennoch nicht, näherzukommen. Nanni und ich waren uns durchaus sympathisch, hielten aber trotzdem etwas Abstand. Anscheinend brauchten wir beide noch etwas Zeit, um uns jemand Neuem zu öffnen. Trotzdem waren wir uns einig, dass wir die kleine Nanni bei uns aufnehmen wollten. Wir verabschiedeten uns bald von der Pflegefamilie und vereinbarten für den übernächsten Tag einen Termin. Die Pflegefamilie wollte vor Abgabe des Hundes unser Haus begutachten, um sicherzustellen, dass Nanni auch ein gutes Zuhause bekam.

Als Nanni nach zwei Tagen meine Wohnung betrat, inspizierte sie diese neugierig. Die Pflegefamilie staunte nicht schlecht, als der Dackelwelpe ohne zu zögern in dem neuen Körbchen Platz nahm und anfing, mit einer bereitgestellten Plüschente zu spielen. Wie auch immer die Pflegefamilie entscheiden würde, Nanni hatte sich bereits entschieden, sie wollte bleiben.
Auch die Pflegemutter merkte schnell, dass Nanni sich bei uns wohlfühlte und entschied, sie direkt bei uns zu lassen.

Die ersten Monate waren nicht immer einfach. Ein junger Hund ist eine große

Herausforderung für die ganze Familie. Doch hatte Nanni zum Beispiel mal wieder die Toilettenpapierrolle stibitzt, musste sie nur ihren „Dackelblick" aufsetzen und keiner konnte ihr noch böse sein, und wenn sie dabei das komplette Papier im Wohnzimmer abrollte und in tausend kleine Fetzen zerrupfte.

Das Schicksal hatte hier wohl seine Finger im Spiel, denn die Familie hatte das zurückbekommen, was ihr gefehlt hatte: das Lachen.

Foto: Alfred Neudörfer

Komm, wir gehen zum Tierarzt!

Wer sagt, ein Tierarztbesuch könne nicht amüsant sein, der saß noch nie länger im Wartezimmer einer Tierarztpraxis. Natürlich kann einen nichts aufmuntern, wenn der kleine Liebling Schmerzen leidet und man vielleicht sogar um sein Leben bangt. Aber bei der jährlichen Impfung oder Routineuntersuchung kann man sich auch mal mit den lustigen Momenten im Alltag einer Tierarztpraxis beschäftigen.

Vor ein paar Wochen betrat ich mit meinem Dackel Bobo die Tierarztpraxis und amüsierte mich über einen Mann, der versuchte, seinen Labrador in die Praxis zu bugsieren. Der Hund war stärker als sein Herrchen und ließ ihn das auch spüren. Aber ich will nicht zu sehr darüber spotten, ich hatte früher selbst ein solches Rückwärtsmodell. Jedoch war ich in der glücklichen Lage, einen so handlichen

Hund zu besitzen, dass ich ihn mir einfach unter den Arm klemmen konnte.

Dieser Labrador stellte nun den Rückwärtsgang ein und machte dann einen Sitzstreik vor der Praxistür. Dem Hundehalter blieb nichts anderes übrig, als seinen „Liebling" am Halsband quer über den Boden zu ziehen, um ihn an den Zielort zu bringen. Neidisch warf er mir und dem Dackel auf meinem Arm einen Blick zu.

Auch die größten Hunde werden im Wartezimmer klitzeklein und zittern wie Espenlaub. Selbst der Pitbull, der sonst nur mit Maulkorb auf die Straße darf, wird zum Schoßhündchen, wenn er den Geruch der Tierarztpraxis aufnimmt.

Kaum hatte ich im Wartebereich Platz genommen, kam der Besitzer einer hochgewachsenen Dogge herein, gab seinem Hund den Befehl, auf dem Boden Platz zu nehmen, worauf dieser sofort gehorchte. Doch während sich das Herrchen eine

Zeitung zum Zeitvertreib organisierte, zog die Dogge es vor, den kalten, unbequemen Boden zu verlassen und sich auch auf so einen schönen Stuhl wie sein Herrchen zu setzen. Als der Herr nun wieder zu seinem Platz zurückkehrte und seine Zeitung aufschlug, dabei seinen Hund nicht zu seinen Füßen sah, schreckte er auf und blickte in zwei treue Hundeaugen. Beschämt zog er seinen Hund vom Stuhl herunter, schimpfte ihn und wies ihm wieder den Platz auf dem Boden zu. Die Dogge ließ ihn mit einem enttäuschten Blick gewähren. Als das Herrchen jedoch wieder hinter seiner Zeitung verschwunden war, suchte die Dogge sich erneut einen Stuhl, nun auf der anderen Seite seines Besitzers, aus. Gleiches Recht für alle!

Kurz darauf erschien eine überaus gut genährte Dame und schleppte einen Weidenkorb mit einer überaus gut genährten Katze ins Wartezimmer. Das Fell der Katze quoll förmlich aus den Ritzen des

Weidenkorbes, so als ob der kleine Tiger das Korbgebilde gleich zum Bersten bringen würde.

Eine ältere Frau war tief geschockt von diesem Anblick, zeigte auf das Tier und sagte zu der wohlbeleibten Dame: „Das ist aber ein Brummer!"

Die mollige Dame antworte im ernsten Tonfall: „Nein, das ist eine Katze!"

Ich konnte mir ein Lachen nicht verkneifen. Im nächsten Moment stellte ich fest, dass der Boden des Weidenkorbes an einer Stelle beschädigt war und gefährlich unter dem enormen Gewicht der Katze knarrte. Auch eine andere Frau hatte die Schwachstelle entdeckt: „Schauen Sie mal, Ihr Korb hat ja ein Loch, nicht dass der Boden herausbricht!"

Erschrocken drehte die Dame den Weidenkorb und erblickte das Loch und die beschädigte Naht, die den Korbboden kaum mehr halten konnte.

„Ach du Schreck, gut, dass Sie das gesehen haben. Nicht auszudenken, wenn mein Schatzi aus dem Korb gefallen wäre!", sagte sie dankbar und hievte den Korb auf ihren Schoß.

In diesem Moment krachte es, der Korbboden brach heraus und die dicke Katze kugelte wie eine Bowlingkugel durchs halbe Wartezimmer.

Die mollige Dame kreischte auf und die anderen Wartenden hatten Mühe, ihre Haustiere in Zaum zu halten. Die Dogge sprang auf und kläffte aufgeregt, mein Dackel Bobo hob gerade mal müde den Kopf.

Ein kleiner Rehpinscher hatte sich losgerissen und jagte die Katze durch den Raum.

Aufgrund ihrer Leibesfülle sah das verdammt lustig aus. Ich überlegte gerade noch, ob ich die arme Katze und ihre Besitzerin bemitleiden oder ob ich einen Lachanfall bekommen sollte, da tauchte die Sprechstundenhilfe auf, bückte sich und hob die fette Katze auf ihren Arm. Die dicke Dame schien erleichtert über das Ende der Jagd zu sein und wackelte der Sprechstundenhilfe in den Untersuchungsraum hinterher.

Ich habe noch nie eine Katze oder einen Hund aus Scham rot werden sehen, aber ich bin mir sicher, dass sich Tiere sehr wohl für ihre Besitzer schämen können, und das zu Recht!
Ich empfehle bei schlechter Laune oder Langeweile einfach mal zum Tierarzt zu gehen.

Foto: Alfred Neudörfer

Das Paket

Michael kam betrübt in die Küche geschlendert. Seine Schwester Carolin bemerkte seine hängenden Schultern und den gesenkten Kopf.
„Hey Michi, was für eine Laus ist dir denn über die Leber gelaufen?", fragte sie.
„Als ich mit Tom und Alex im Hof Fußball gespielt habe, hat uns der alte Karl mal wieder den Ball weggenommen." Michael schnaubte verächtlich.
„So ein gemeiner Kerl", schimpfte Carolin und lief ans Fenster. „Da unten steht er, der Ballklauer!"
Die Geschwister beobachteten, wie der alte Karl mit dem ergatterten Ball zum Müllcontainer schlurfte und ihn mit seinen dürren, zittrigen Händen hineinwarf. Wie eine verdorrte Eiche mit knorrigen Ästen stand er da. Er war von Gicht geplagt und konnte seine Füße nur knapp über den Boden heben.

Michael und Carolin schüttelten über Karls Verhalten nur verärgert den Kopf.

„Sabine hat mir gestern erzählt, dass der Karl bei ihnen geklingelt hat und sich über das Kindergeschrei und das laute Getrampel der ‚Plagegeister' beklagt hat", erzählte Carolin und machte ein empörtes Gesicht.

„Ich glaube, er hasst alle Kinder, deshalb nennt er uns auch Plagegeister", vermutete Michael.

„Warum ist er nur so gemein, wir haben ihm doch nichts getan?", fragte sich Carolin.

„Vielleicht liegt es daran, dass er so alt und allein ist. Mutter sagt, er hat keine Kinder und auch sonst niemanden, der sich um ihn kümmern könnte."

„Tom, der Sohn vom Hausmeister, hat erzählt, dass Karl wenig Geld hat und deshalb die Miete nicht mehr zahlen kann. Auch Essen und Kleidung kann er sich kaum leisten", sagte Carolin mit etwas Mitleid in der Stimme.

„Auf jeden Fall geht es so nicht weiter, wir müssen uns was ausdenken, damit der alte Kerl uns das Leben nicht weiter zur Hölle macht", beschloss Michael und hatte dabei ein Blitzen in den Augen.

Carolin dachte schweigend einen Moment nach, dann erhellte sich ihr Gesicht.

„Ich hab's, wir schicken ihm ein Paket!", rief Carolin aus.

„Ein Paket?" Michael schaute seine Schwester irritiert an.

„Ach so, ich hab's verstanden. Ein Paket gefüllt mit Fröschen und Stinkbomben – Rache ist süß!"

Michael grinste und zwinkerte Carolin zu.

„Unsinn, ich dachte da an was anderes", sagte Carolin.

Carolin stellte ihrem Bruder ihre Idee vor. Der war zuerst skeptisch, gab aber schließlich nach und weihte alle Kinder im Haus ein.

Zwei Tage später klingelte es morgens an Karls Tür. Ein Paket in braunes Packpapier gehüllt stand auf der Fußmatte. Karl nahm es etwas verwirrt an sich. Wer sollte ihm denn ein Paket schicken? Er hatte keine Familie und keine Freunde, die ihm etwas schenken könnten. Er fühlte sich fast wie ein kleines Kind, als er in freudiger Erwartung die Schnur an dem Paket löste und das Papier aufriss. Ein schlichter Pappkarton kam zum Vorschein. Karl zögerte etwas, denn in diesem Moment kam ihm der Gedanke, dass es sich um einen Streich handeln könnte. In letzter Zeit hatte er sich nicht gerade Freunde gemacht. Deshalb hob er das Paket hoch und schüttelte es vorsichtig, nichts geschah. Schließlich siegte seine Neugier und er öffnete den Deckel.
In der Kiste lagen ein Päckchen Mehl und Zucker, außerdem zwei Äpfel sowie mehrere Konserven mit Suppe. Als er die Lebensmittel ausgeräumt hatte, fand er auf dem Boden der Kiste einen Briefumschlag. Er hielt ihn gegen

das Licht, sah, dass darin Gelscheine lagen und zählte sie eifrig. Es war genug, um die nächste Miete zahlen zu können. Ein Lächeln huschte über Karls Gesicht, er wusste nicht, wann er zum letzten Mal seine Lachmuskeln benutzt hatte. Aber wer war dieser edle Spender – wer hatte dieses wertvolle Paket geschickt?
Noch mal sah er hinein – und entdeckte einen kleinen Zettel. Es war feinsäuberlich mit kleinen Fußbällen verziert – und in fetten Buchstaben stand darauf: „DIE PLAGEGEISTER".

Michael hatte erst nicht verstanden, warum seine Schwester dem bösen Karl ein Geschenk machen wollte, obwohl er so gemein zu ihnen war. Es war auch für die Kinder nicht einfach gewesen, ihre Eltern davon zu überzeugen, dass jeder etwas für den mürrischen Karl spenden sollte.

Als sie jetzt jedoch den lächelnden, freudig pfeifenden Karl im Hof spazieren gehen und den Kindern beim Fußballspielen zuschauen sahen, wussten sie, dass sie das Richtige getan hatten.

Foto: Claudia Neudörfer

Kinder sind was Tolles?!

Das Ziel eines jeden Menschen ist die Gründung einer Familie. Heirat, ein Haus bauen, Kinder kriegen. So in etwa würde meine Schwester Susanne es beschreiben. „Martin, Kinder sind was Tolles!" – ihr Leitspruch.
Ich sehe das ja etwas anders. Als Astronaut den Mond besuchen, ein berühmter Rennfahrer werden oder mal den Papst treffen, das wären eher Punkte auf meiner To-do-Liste.
Wobei letzteres nur den Sinn hätte, mal genauer über die Vorschriften gegen Verhütung zu diskutieren. Verstehen Sie mich nicht falsch, ich hasse Kinder nicht, ich kann sie nur nicht leiden. Meine Schwester hat drei davon und erwartet jetzt das vierte. Ich kann wirklich nicht verstehen, warum sie sich das antut. Als sich ihr Mann Wolfgang vor einem

Jahr ein Bein gebrochen hatte, musste ich sie zum Wocheneinkauf begleiten.

Der kleine Tim saß vorne im Einkaufswagen, Sabine, ein Jahr älter, lief an der Hand ihrer Mutter und der Älteste, Linus, sprang wie ein Jo-Jo durch die Gänge. Kennen Sie diese absolut lächerlichen Leinen für Kleinkinder? Ich wünschte mir damals, ich hätte so eine gehabt. Linus grabschte alles an, was in seiner Reichweite war. Nicht alles blieb dabei heil im Regal stehen. Von dem Aufstand, den Sabine an der Kasse machte, weil sie die „Mein kleines Pony"-Zeitschrift nicht bekommen hatte, haben sich meine Ohren heute noch nicht erholt. Tim stimmte in das Geschrei aus reiner Toleranz mit ein und ich verkrümelte mich in eine andere Warteschlange und tat so, als ob ich diese Familie nicht kennen würde. Ich glaube, das nimmt mir meine Schwester heute noch übel.

Auf jeden Fall befinde ich mich nun hier auf einem Spielplatz, da ich meiner Schwester versprochen habe, während der Geburt ihres vierten Kindes auf Tim, Sabine und Linus aufzupassen. Ich dachte, es wäre eine gute Idee, mit den Kindern auf den Spielplatz zu gehen, denn da könnten sie sich alleine beschäftigen. Falsch gedacht, keine Spur von Erholung für mich. Der kleine Tim sitzt mit einem anderen Jungen im Sandkasten und findet den knirschenden Sand zwischen seinen Milchzähnen anscheinend sehr lecker. Wenn er meint. Sabine möchte auf alle Spielgeräte, die nur von größeren Kindern zu erreichen sind. Ich mache sie darauf aufmerksam, dass sie erst noch etwas wachsen muss, bis sie da hinaufkommt und sie bricht in Tränen aus. Also schleppe ich das Kind von Rutsche zu Schaukel, bis sie keine Lust mehr hat und sich schließlich auf das Karussell zwischen die anderen Kinder setzt. Und Linus, der Älteste, der ist ... Komisch, gerade eben waren es doch noch drei?!

Ich suche den Spielplatz mit den Augen ab, kann ihn aber nicht sehen. Mein Blick schweift zu einem Toilettenhäuschen in der Nähe, vielleicht musste der Kleine einfach mal. Ich bitte eine Mutter, die neben dem Sandkasten sitzt, kurz auf Tim aufzupassen. Sabine sitzt scheinbar zufrieden noch immer auf dem Karussell. Also entschließe ich mich, kurz hinüberzugehen und nach Linus zu suchen. Als ich das WC-Häuschen betrete, ist dort eine kleine Warteschlange, bestehend aus zwei Müttern und ihren Kindern.

„Da blockiert jemand die Toilette", klärt mich eine der beiden auf und zeigt auf die verschlossene Tür.

„Also, mein Kind würde sowas ja nie machen", sagt die andere Mutter und tätschelt ihrem bebrillten Sohn den Haarschopf. Ich nicke verständnisvoll und zwänge mich an der Schlange vorbei. Im Flüsterton frage ich

durch die Tür: „Linus? Bist du da drin?" Kurz
darauf höre ich ein verlegenes „Ja".

„Warum kommst du denn nicht raus? Es
wollen noch andere Leute zur Toilette",
erkläre ich und versuche den leicht genervten
Ton in meiner Stimme zu unterdrücken.

„Geht nicht", antwortet der Steppke.

„Was heißt hier ‚geht nicht'?"

„Stecke fest", gibt Linus zurück.

Ich lache kurz auf, während die Mütter mir
bitterböse Blicke zuwerfen.

„Wie soll das denn gehen? Mach doch einfach
die Türe auf, dann kann ich dir helfen",
schlage ich vor, weil ich einfach nur noch hier
weg will.

Ein Klacken ertönt und die Tür wird geöffnet.
Bevor ich begreifen kann, was da gerade
passiert, fällt mir Linus entgegen. Mit den
Füßen steht er in der Kloschüssel und hat,
während er die Tür öffnete, sich so weit nach
vorne gebeugt, dass er das Gleichgewicht
verloren hat. Ich kann nicht glauben, was ich

da sehe und stelle ihn erst einmal wieder aufrecht hin. Wortlos schließe ich die Tür wieder und bitte die Frauen, die noch immer warten, für einen Moment nach draußen zu gehen. Als sie die Türe von außen geschlossen haben, wende ich mich wieder Linus zu.

„Was soll denn dieser Scheiß?", zische ich.

„Scheiße sagt man nicht!", verbessert mich Linus.

„Spiel hier nicht den Klugsch... erklär mir lieber mal, was du mit den Füßen in der Kloschüssel suchst!" Mit einem Ruck ziehe ich meinen Neffen aus der Toilette. Mit tropfnassen Schuhen und Socken steht er vor mir.

„Ich wollte das halt auch mal ausprobieren, den Trick aus dem Film", sagt er verlegen.

„Was für einen Trick und was für ein Film?"

„Na, als Harry Potter in die Toilette gestiegen ist und gesagt hat, wohin er will, da hat das auch geklappt", erklärt er mir ernst.

Obwohl ich sowas von sauer bin, kann ich ein Lachen nicht mehr unterdrücken.

„Und ich wollte doch so gerne zur Eisdiele …", ergänzt Linus.

„Ich verstehe", bringe ich lachend heraus und treibe Linus an, die Toilette schnellstmöglich zu verlassen.

Inzwischen hat sich die Zahl der genervten Mütter vor dem WC-Häuschen verdoppelt und sie schauen uns verwirrt hinterher. Ich habe einen Lachanfall und Linus hinterlässt eine überdimensionale Pfütze. Draußen setzt sich Linus auf eine Bank, zieht die nassen Socken und Schuhe aus, um sie zu trocknen.

„Onkel Martin? Wo sind denn Tim und Sabine?", will Linus von mir wissen.

Wie vom Blitz getroffen renne ich zum Sandkasten. Beim Wegrennen rufe ich Linus noch zu, dass er es bloß nicht wagen solle, sich von der Bank zu entfernen, bis ich wieder da sei, sonst würde ich ihn wirklich im Klo runterspülen.

Die Mutter ist noch da, die ich gebeten hatte, auf Tim aufzupassen, wenn auch sehr verärgert. Ich schnappe mir Tim, murmle ein kurzes „Danke" und spurte davon, um Sabine zu suchen.

Das gibt es doch nicht, ein Kind gefunden, zwei verloren, schlechte Bilanz. Ganz ruhig, wo habe ich sie das letzte Mal gesehen? Das Karussell!!!

Tatsächlich sitzt Sabine noch immer brav auf dem Spielgerät. Der freudige Ausdruck in ihrem Gesicht ist gewichen, die süßen Zöpfe hängen schlapp herunter. Sie sieht irgendwie „grün" im Gesicht aus. Schnell halte ich das Karussell an und stoppe die Fahrt. Die anderen Kinder schauen mich verdutzt an, Sabine nimmt es zum Anlass in ein lautes Weinen auszubrechen. Sie lässt sich von mir auf den Arm nehmen, denn ihre Beine fühlen sich wie Pudding an. Unter dem einen Arm Tim, unter dem anderen Sabine, gehe ich völlig erschöpft zurück und lasse mich auf die

Bank sinken. Zumindest hat Linus auf mich gehört und sitzt noch dort. Als Sabines Gesichtsfarbe wieder normal ist, packe ich Linus' nasse Sachen zusammen und bugsiere die drei ins Auto.
Auf diesen Schreck halte ich es für das Beste, wenn ich die Kleinen zum Eisessen einlade.

Kurz darauf sitzen alle drei lieb auf den Stühlen in der Eisdiele und schlecken ihr Eis. Plötzlich klingelt mein Handy. „Es ist ein Mädchen!", höre ich meine Schwester in den Hörer rufen. Es hätte zehn Finger und zehn Zehen und würde „Martina" heißen.
Ok, ich geb's zu – ich bin gerne Onkel, aber bitte nur auf Teilzeit.

Foto: Alfred Neudörfer

Zerissene Erinnerung

Dicke Nebelschwaden schweben wie
Wattebäusche über dem gefrorenen Boden.
Als die Sonne ihre wärmenden Strahlen schickt,
wird das ganze Ausmaß sichtbar.

Wo einst noch stolze, dicke Eichen thronten
und saftiges Gras die Flächen bedeckte,
stehen heute nur noch abgesägte Baumstümpfe.
Wie eigentümliche Riesenkraken aus einer anderen
Welt ragen dicke Wurzeln aus der Erde.
Krallen sich im Boden fest, als würden sie dem
Menschen trotzen und den Weg nicht freimachen
wollen – für den Fortschritt.
Zurückgelassene Plastiktonnen und Holzreste
erinnern an eine sorgenlose Zeit, in der Kinder auf
den Feldern spielten und süße Zwetschgen von
den Obstbäumen naschten.
Diese Idylle muss nun weichen, um den Menschen
den Alltag zu erleichtern.
Doch erst jetzt wird dem Auge klar, wie weh es
tut, wenn einem ein Stück Heimat entrissen wird.

Foto: Claudia Neudörfer

Wo wollten wir noch mal hin?

Reden wir mal über ein ernstes Thema: Älterwerden.
Jeder muss es, keiner will es.
Verstehen Sie mich nicht falsch, ich gehöre auch schon zu den Leuten, die, wenn sie sich die Schnürsenkel zubinden, überlegen, ob sie auf dem Weg dorthin noch andere wichtige Dinge erledigen könnten.
Was ich aber über das Älterwerden erfuhr, als ich vor ein paar Tagen ein älteres Ehepaar beim Warten an der Supermarktkasse belauschte, fand ich doch sehr aufschlussreich.
Das Warten an der Kasse kann sich schon mal etwas hinziehen. Besonders wenn 15 Personen vor einem dran sind und nur eine Kasse geöffnet ist. Wahrscheinlich schenkte ich deshalb meine Aufmerksamkeit einem Ehepaar Mitte 60, das vor mir in der Schlange stand, denn sonst lausche ich wirklich nie. Der

Mann, mit lichtem Haar und Brille, wand sich seiner rotgelockten Frau zu.

„Heute Morgen hat mein Handy geklingelt."

„Warum bist du dann nicht dran gegangen?", fragte sie.

„Nein, ich meine, es war kein Anruf, sondern eine Erinnerung an etwas Wichtiges", erklärte er.

„Ah, und an was?"

„Wenn ich das nur wüsste." Er seufzte.

„Was ist denn heute für ein Tag?", wollte sie wissen.

„Keine Ahnung", antwortete er.

„Na, was stand denn heute Morgen auf deinem Tablettenschächtelchen?"

„Ach so, Dienstag! Aber das hilft mir jetzt auch nicht weiter."

Das Pärchen war allmählich etwas genervt, weil die Schlange nur im Schneckentempo vorwärtskam.

Der bebrillte Mann rief verärgert nach vorne: „Machen Sie doch bitte mal eine zweite Kasse auf!"
„Tut mir leid, die Kollegin ist noch in der Pause", kam es von vorne zurück.
„Vielleicht haben wir einen Termin beim Hausarzt?", überlegte die Frau weiter.
„Nein, ich denke nicht", gab er zurück.
„Beim Augenarzt? HNO? Zahnarzt? Dermatologen? Neurologen? Urologen? Gastroenterologen? Endokrinologen? Kardiologen?"
Der Mann schüttelte jedes Mal den Kopf, was auch immer seine Frau ihm vorschlug.
Hätte mich nicht gewundert, wenn sie als nächstes den Pathologen aufgezählt hätte.
„Na, dann weiß ich auch nicht." Resignierend zuckte sie mit den Schultern.
Endlich war das Ehepaar an der Kasse angelangt und legte seine Waren auf das Band.
„Müssen wir zum Senioren-Yoga? Zum Tai-Chi? Zum Smartphone-Kurs? Zum

Musizieren? Zum Nordic Walking? Zum Golfen? Zum Fischen? Oder haben wir versprochen, auf die Enkel aufzupassen?", fragte sie wieder, in der Hoffnung, endlich einen Treffer zu landen.

„Nein, nein, nein", erwiderte er, während er den Einkauf wieder in den Wagen lud.

„Jetzt geb ich's auf", erwiderte sie und reichte währenddessen der Kassiererin das Geld.

Ich schmunzelte über das urige Ehepaar, legte meine Ware ebenfalls aufs Band, zahlte und verstaute alles in meinen Korb.

Auf dem Parkplatz sah ich die beiden noch einmal, als sie die Lebensmittel in ihr kleines Auto luden.

„Dir wird bestimmt noch einfallen, was wir heute Nachmittag vorhatten", versuchte die Frau ihren Mann zu beruhigen.

Eine Frau im Rentenalter kam auf die beiden zu und hob grüßend die Hand.

„Hallo Helmut, hallo Irene! Kommt ihr heute Nachmittag auch zu dem Vortrag über Alzheimer?"

Foto: Claudia Neudörfer

Das Gift der Blüte

Gestatten – Boris Krüger, Privatdetektiv.
Zugegeben, ich bin Privatdetektiv geworden, weil ich auf der Polizeischule nicht angenommen wurde. „Einen mit Asthma nehmen wir nicht, soll er sich doch für einen Bürojob bewerben", haben sie gesagt. Unverschämtheit! Niemand hat mir zu befehlen, was ich zu tun und zu lassen habe! Also dachte ich, dann werde ich eben selbstständiger Privatdetektiv. Bis jetzt lief das auch recht gut, bis dieser Eduard von Schwanhausen angerufen hat und mir einen Auftrag geben wollte.
Ausgerechnet der, dieser Lackaffe, der mich schon in der Schule schikaniert hat und sich dann später einen Ast gefreut hat, dass die auf der Polizeischule mich nicht genommen haben.
Dem soll ICH nun helfen, weil er unter Verdacht steht, seine Frau umgebracht zu

haben. Also, wenn mich einer fragt, ich denke, er war's.

Als ich in der Zeitung gelesen habe, dass Eduard eine reiche Unternehmerfrau geheiratet hat, war mir klar, dass das mit Liebe nicht viel zu tun haben konnte. Ich war kurz davor, den Fall abzulehnen, aber die Aussicht darauf, live mitzuerleben, wie Eduard von Schwanhausen in Handschellen abgeführt wird, das überzeugte mich, für den nächsten Tag ein Treffen mit ihm zu vereinbaren.

Ich besuchte ihn in seiner Schickimicki-Villa am Stadtrand. Ein Zimmermädchen empfing mich und führte mich durch einen mit alten Gemälden behängten Gang. Als ich entdeckte, dass die kleine Empfangshalle ihr eigenes Echo hatte, stand er auch schon vor mir. Eduard trug eine Art Morgenmantel über einem grauen Seidenpyjama und Pantoffeln. Er zog eine Pfeife aus seinem Mund und hielt mir die Hand hin.

„Boris", sagte er.

„Eduard", entgegnete ich und schüttelte ihm kräftig die Hand, sodass dieser vor Schmerz sein Gesicht verzog.

„Ich bin froh, dass du gekommen bist", bemerkte er.

„Warum hast du denn nicht deine Freunde von der Polizei angerufen, sondern mich?", fragte ich neugierig.

„Die halten mich für schuldig, die Beweise sind einfach zu belastend für mich", erklärte Eduard.

„So so", antwortete ich unbeeindruckt.

„Mensch Boris, du bist mir doch nicht immer noch böse wegen damals?! Du musst mir glauben, ich habe Elise nicht ermordet, ich habe sie geliebt!", beteuerte Eduard.

„Da bin ich mir sicher, und ihre Millionen erst."

„Ja, vielleicht war das am Anfang so, aber dann wurde Liebe daraus. Und als die Villa letzte Woche zwangsversteigert wurde, hat das Geld sowieso keine Rolle mehr gespielt."

„Die Villa wurde zwangsversteigert?" Ich war überrascht.

„Ja, zum Monatsende muss ich hier raus."

Ich konnte meine Genugtuung über Eduards missliche Lage kaum verbergen und wollte es auch nicht.

„Ok, dann erzähle mir mal genau, was passiert ist", forderte ich ihn auf. Wir gingen in das Kaminzimmer nebenan und nahmen in zwei Sesseln Platz.

„Elise und ich saßen zum Abendessen zusammen. Ich bekleckerte mich mit Wein, ging ins Badezimmer um den Fleck aus meiner Krawatte zu waschen und als ich zurückkam, lag Elise mit dem Gesicht auf dem Tisch – tot!"

Eduard rang um Fassung und holte ein Taschentuch aus seiner Morgenmanteltasche.

„Hat die Polizei feststellen können, an was sie starb?"

„Sie sagten, in dem Essen wären Hortensien gewesen, die innerhalb weniger Minuten einen Herztod ausgelöst hätten." Eduard schnäuzte sich geräuschvoll die Nase.

„War dein Essen auch vergiftet?"

„Ja, in meinem Essen haben sie die gleiche giftige Pflanze gefunden. Hätte ich mich nicht mit Wein begossen und gleich angefangen zu essen, wäre ich wohl auch gestorben. Und trotzdem bezichtigen sie mich des Mordes", erzählte Eduard.

„Wachsen solche Hortensien auch in deinem Garten?"

„Ich denke schon, aber da fragst du am besten meinen Gärtner, Herrn Eichner", antwortete Eduard und wies mir den Weg zum Gewächshaus.

Als ich die Villa Richtung Gewächshaus verließ, stieß ich beinahe mit einer Dame zusammen.

„Entschuldigung", sagte ich und beäugte unauffällig die adrette, junge Frau vor mir. Sie war in einen edlen Pelzmantel gehüllt und umklammerte eine große Handtasche.

„Guten Tag Frau ...?", fragte ich beiläufig, um mehr über das schöne Wesen herauszufinden.

„Susanna von Schwanhausen", antwortete sie hochnäsig.

„Angenehm, ich bin Boris Krüger, der Privatdetektiv, den Ihr Vater engagiert hat."

„Stiefvater", gab sie empört zurück.

„Mein Beileid wegen Ihrer Mutter", sagte ich.

„Wie auch immer, sorgen Sie dafür, dass mein Stiefvater für den Mord an meiner Mutter bestraft wird!", forderte Susanna und verschwand polternd in der Villa.

Ein kleiner Mann mit Gärtnerschürze und Kugelbauch schnitt im Gewächshaus Rosen zurück, als ich eintrat.

„Hallo Herr Eichner. Ich bin Privatdetektiv Krüger, ich möchte Ihnen ein paar Fragen stellen."

„Natürlich, wenn ich helfen kann, immer gerne", sagte Herr Eichner mit einem unsicheren Lächeln.

„Züchten Sie auch Hortensien im Garten der Familie von Schwanhausen?"

„Ja", antwortete er leise.

„Können Sie mir die Pflanzen mal zeigen?"

„Äh ... leider nicht", stammelte er.

„Und warum nicht?"

„Bis vor ein paar Tagen, da standen hier zwei blaue Hortensien. Doch sie wurden ausgegraben und sind verschwunden." Der Gärtner deutete auf ein leeres Blumenbeet.

„Haben Sie mitbekommen, dass jemand in dem Gewächshaus war?"

„Nein, es ist nicht verschlossen, es könnte jeder hineingegangen sein", erwiderte der Gärtner.

„Sie verlieren doch sicher Ihre Anstellung, weil die Villa nun zwangsversteigert wurde, oder?"

Herr Eichner schwieg und senkte den Blick.

„Wenn Sie nichts dagegen haben, dann würde ich mich gerne noch ein bisschen hier drinnen umschauen", bat ich.

„Nein, ist schon in Ordnung, ich gehe dann mal den Rasen sprengen." Eilig verließ Herr Eichner das Gewächshaus. Dieser Fall war eigentlich so gut wie abgeschlossen, jetzt musste ich nur noch einen Beweis finden, um den Gärtner zu überführen.

Ich suchte den Boden mit den Augen ab und bemerkte eine Art rotes Stück Plastik zwischen den Gummimatten vor den Beeten. Ich zog meine Handschuhe an und hob es auf – es war der abgebrochene Absatz eines Damenschuhs. Vorsichtig legte ich das Beweisstück in eine kleine Tüte und steckte diese in meine Jackentasche. Grübelnd ging ich in die Villa zurück.

Zwei Hausdiener waren damit beschäftigt, vollgepackte Einkaufstüten in den zweiten Stock zu tragen. Ich folgte ihnen unauffällig und schlich mich in das Zimmer der

Stieftochter. Dort steuerte ich einen großen Kleiderschrank an, der fast die komplette Wand einnahm. Ich sah die Sachen auf der Kleiderstange der Reihe nach durch. Dafür, dass Susanna von Schwanhausen ansonsten penibel auf die Sauberkeit ihrer Kleidung achtete, war einer ihrer Mäntel sehr schmutzig. Plötzlich riss die Stieftochter die Zimmertür auf.

„Herr Krüger, können Sie mir bitte sagen, was Sie in meinem Kleiderschrank suchen?", wollte sie empört wissen.

„Das hier", antwortete ich und hielt triumphierend eine Plastiktüte in den Händen.

„Was ist das?", fragte Eduard, der gerade in das Zimmer getreten war. Ich fasste in die Plastiktüte und holte einen verdreckten, roten Damenpumps hervor, an dem der Absatz abgebrochen war.

„Und was soll das jetzt? Ist es ein Verbrechen, wenn einem ein Absatz abbricht?", kreischte die Stieftochter.

„Nur, wenn der Absatz genau an der Stelle gefunden wird, an der eine tödliche Pflanze entwendet wurde. Ich bin mir sicher, dass sie niemals freiwillig einen Fuß in das schmutzige Gewächshaus gesetzt hätten, oder?"
Der Stieftochter erstarrten die Gesichtszüge.
„Sollten Sie dennoch abstreiten, dass Sie Ihre Mutter vergiftet haben, können wir auch die Spuren an Ihrem Mantel untersuchen lassen, an dem wir mit Sicherheit das Hortensiengift finden würden", fügte ich hinzu.
Eduard schien gleichzeitig entsetzt und erleichtert zu sein, dass seine Unschuld nun bewiesen worden war.
„Leider ist Ihr Plan nicht so ganz aufgegangen, denn der Stiefvater, den Sie eigentlich ebenfalls vergiften wollten, hatte von dem Gift nichts zu sich genommen. Und danach mussten Sie auch noch erfahren, dass Ihre Eltern total verschuldet sind und die Villa zwangsversteigert wurde. Hier gibt es für Sie

nichts mehr zu erben", enthüllte ich zufrieden.

Die Stieftochter sank schluchzend auf ihr Bett.

Nach einem kurzen Anruf standen zwei Polizeibeamte in der Tür und führten Susanna von Schwanhausen ab.

Nun, was soll ich sagen. Eduard ist kurz darauf bei mir eingezogen, zumindest, bis er etwas Neues findet. Er arbeitet jetzt als mein persönlicher Sekretär.

Foto: Alfred Neudörfer

Dominik

Er ist tot.

Drei einfache Worte, die dennoch so viel wiegen, als würden sie einem die komplette Last der Welt auf die Schultern laden.
Drei Worte, die bestätigen, den Kampf verloren zu haben, oder auch überraschend sein können, ohne dass man sich darauf vorbereiten konnte. Wie auch immer, mein Cousin Dominik war an diesem Morgen für tot erklärt worden.

Ich erinnere mich noch heute so genau an diesen Moment, als wenn ich ihn jetzt wieder erleben würde. Ich hatte mit meinen Eltern am Tisch gesessen, ein unerträgliches Schweigen hatte die ganze Küche eingenommen. Meine Gedanken überschlugen sich und ich schüttelte den Kopf, weil ich es nicht fassen konnte. Als ich nach einer

Ewigkeit den Blick hob, sah ich, dass es meinen Eltern nicht anders ging.

Tot! Wir wussten alle, dass er seit Jahren Leukämie gehabt hatte, trotzdem hatte er sich immer wieder ins Leben zurückgekämpft. Ja, Dominik war ein Kämpfer, er hatte nie aufgegeben und niemals geklagt. Dieser Krebs konnte ihn mal!

Weil er schon kurz nach der Diagnose seinen Beruf als Zweiradmechaniker nicht mehr ausüben konnte, beschloss er zu studieren. Damals fand ich das sehr bewundernswert und war der Meinung, dass es dann um seinen Gesundheitszustand nicht so schlecht bestimmt sein konnte. Im Nachhinein glaube ich, wollte er es sich und uns einfach beweisen, dass er vor seinem Tod noch etwas erreichen konnte.

Und trotzdem saßen wir nur ein Jahr später am Küchentisch und mussten seinen Verlust verkraften. Er war nur 23 Jahre alt geworden.

Ich hatte ein inniges Verhältnis zu meinem zwei Jahre älteren Cousin gehabt, enger, als es wohl üblich ist. Da meine Schwester von Geburt an schwerbehindert ist, war ich es von klein auf gewohnt, für die Zeit, die meine Schwester und demnach auch meine Eltern im Krankenhaus verbrachten, bei meinen beiden Cousins untergebracht zu sein. Nicht zuletzt ihnen ist es zu verdanken, dass meine Kindheit trotz der schweren Krankheit meiner Schwester eine wunderbare Erinnerung für mich ist.

Wie viele Sommertage hatten wir im Garten meiner Großeltern verbracht – kletterten auf Bäume, bauten Spielsachen aus Holz und musizierten gemeinsam. Am liebsten mochten wir aber Fantasiespiele, bei denen sich jeder einen Superhelden aus dem Fernsehen aussuchen und dann in dessen Rolle schlüpfen durfte.

Mein Cousin Dominik, der ältere der beiden Brüder, und ich hielten auch stets zusammen,

wenn der Kleine mal wieder unser Spiel störte, dann weinend zur Oma rannte und uns verpetzte. Oma wusste natürlich, dass wir wie Pech und Schwefel zusammenhielten und glaubte deshalb stets dem Kleinen.
Aber das schweißte uns nur noch mehr zusammen.

Dominik war mein großes Vorbild gewesen. Als er einmal im Schwimmbad vom Beckenrand sprang, tat ich es ihm gleich, er konnte bereits schwimmen, ich aber leider noch nicht. Natürlich kümmerte er sich um meine Rettung.
Als Dominik an einem sonnigen Nachmittag in Omas und Opas Garten saß, meinte er, dass dort schönes, rotes Gemüse wachsen würde. „Das solltest du mal probieren", sagte er. Ich vertraute meinem Cousin wie immer blind und versuchte davon. Nichtsahnend, dass es sich dabei um eine Peperoni handelte, aß ich davon und lief sogleich weinend zu

meiner Mutter, da ich das schreckliche Brennen auf meiner Zunge nicht mehr aushielt. Während die Erwachsenen versuchten herauszufinden, was ich gegessen hatte, hielt mein Cousin sich vor Lachen den Bauch.

Ich freute mich immer sehr, wenn ich bei meinen Großeltern übernachten durfte. Meine Cousins wohnten mit meiner Tante und meinem Onkel eine Etage über meinen Großeltern und so verbrachte ich, bis auf die Nächte, meine Zeit bei meinen Cousins. Meine Cousins schnarchten beide wie Holzfäller, da war an Schlaf nicht zu denken. Einmal übernachteten wir drei zusammen auf Luftmatratzen im Kinderzimmer. Am nächsten Morgen war ich sehr müde, da ich kein Auge zugetan hatte. Dominik und sein kleiner Bruder stritten sich darüber, wer denn nun verantwortlich für das Schnarchen gewesen wäre. Ich versicherte ihnen, dass der eine dem anderen in nichts nachgestanden hätte.

Nach längerer Zeit folgte noch ein zweiter Versuch, bei dem wir im Garten zelteten. Wobei hier weniger das Schnarchen das Problem darstellte, sondern ein einsetzender starker Regen, der langsam durch das Zelt drang und auf unsere Schlafsäcke tropfte. In den frühen Morgenstunden klingelten wir Oma und Opa aus dem Bett und baten sie, uns wieder ins Haus zu lassen.

Als wir mal wieder zu dritt auf Entdeckungstour waren, fanden wir in der Nähe des Spielplatzes eine Schildkröte. Die Freude war groß, meine Cousins liebten Schildkröten. Schließlich waren wir alle Fans der Fernsehserie „Teenage Mutant Ninja Turtles".

Schnell war im Garten ein Gehege für die Schildkröte gebaut. Ein großes Gezeter setzte ein, als gegen Abend plötzlich ein Nachbar dastand, dem seine Schildkröte vor Kurzem entlaufen war.

Meine Cousins vergossen bittere Tränen, aber es half nichts, die Schildkröte kehrte zu ihrem Besitzer zurück.

Und nun saß ich am Küchentisch und Dominik sollte plötzlich tot sein? Mir kam alles so unwirklich vor, als ich das hörte. Ich hatte nicht geahnt, dass es so ernst um ihn stand. Meine Tante und mein Onkel erzählten uns später, dass Dominik nicht wollte, dass jemand erfuhr, wie aggressiv sein Krebs war. Das hatte sie immer belastet, aber sie akzeptierten seine Bitte und ließen ihn den Rest seines Lebens tun, was er sich wünschte. Das waren für ihn eben das Studieren, Snowboardfahren und Ausflüge mit seinen Freunden.

Ich erinnere mich sehr gut an den Moment, als ich ihn in seinem Sarg liegen sah. Ich fand

es schon immer sehr merkwürdig, einen Toten zu sehen, so war es auch bei Dominik. Aber ich werde nie sein spitzbübisches Lächeln vergessen, das auf seinem Gesicht lag. Dieses Lächeln wird auf immer in meinem Herzen eingemeißelt sein.
Bei seiner Bestattung wurde das Lied „Der Weg" von Herbert Grönemeyer gespielt.
„Du hast jeden Raum mit Sonne geflutet, hast jeden Verdruss ins Gegenteil verkehrt. Nordisch nobel, deine sanftmütige Güte, dein unbändiger Stolz – das Leben ist nicht fair!" Kein Text konnte sein Wesen und sein Leben besser beschreiben und noch heute habe ich einen Kloß im Hals, wenn ich das Lied im Radio höre. Viele Jahre zogen ins Land, bis die schönen Erinnerungen an ihn wieder einen größeren Platz einnahmen als die Trauer um ihn. Aber diese Erinnerungen sind es, die meine Kindheit geprägt haben, die mir Mut und Halt in schweren Zeiten gegeben haben und mir vermittelten, was wahre Freundschaft

ist. Ein Gefühl, das ich in dieser Form nie mehr wieder in meinem Leben erfahren habe. Dafür danke ich dir, Dominik! Wo immer du jetzt bist.

Foto: Alfred Neudörfer

Die gute Tat

Der kleine Engel Elias saß gelangweilt auf einer Wolke. Er ließ seine nackten Füße herunterbaumeln und pfiff dabei ein Weihnachtslied.
Petrus kam des Weges, er suchte den kleinen Elias. Da bemerkte er die Füßchen, die über seinem Kopf strampelten.
„Elias, komm sofort herunter!"
Elias erschrak so sehr, dass er den Halt verlor und direkt vor Petrus' Füßen landete. Petrus trug wie immer seine herrlich glänzenden, goldfarbenen Pantoffeln.
Das war wirklich etwas Besonderes, denn er war der Einzige im Himmel, der Schuhe tragen durfte. Elias hatte sich wegen seiner nackten Füße schon des Öfteren einen Schnupfen eingefangen und schaute nun neidisch auf Petrus' Pantoffeln.
„Elias, beeil dich, steh auf!", riss Petrus ihn aus seinen Gedanken.

Der Engel sprang auf und zupfte dabei schnell sein weißes Hemdchen zurecht.

„Hör zu, ich habe eine wichtige Aufgabe für dich. Unsere Instandhaltungskosten für den Schlitten sind dieses Jahr stark gestiegen. Außerdem haben die Rentiere gestreikt und eine Lohnerhöhung bekommen. Das heißt, wir müssen sparen und das Christkind kann dieses Jahr nur einem Menschen ein Geschenk bringen. Und du sollst diesen Menschen finden, der eine wirklich gute Tat vollbracht hat."

Elias' Augen wurden immer größer.

„Aber Petrus, wie soll ich das denn machen? Es gibt sieben Milliarden Menschen auf der Welt und Weihnachten ist schon in drei Tagen!"

„Was weiß ich ... über Google vielleicht?! Dir wird schon was einfallen", rief Petrus, während er schon wieder davoneilte.

Elias zerbrach sich die ganze Nacht den Kopf darüber, wie er diesen einen Menschen ausfindig machen sollte, der das Geschenk verdient hätte.

Am nächsten Morgen stand er vor Petrus' Tür.

„Petrus, ich hab's! Ich hab ihn gefunden, den einen Menschen, der das Geschenk bekommen soll", rief Elias aufgeregt.

„Dann erzähl mal", sagte Petrus erwartungsvoll.

„Also, da ist dieser Millionär, er hat dem Krankenhaus kürzlich einen sehr hohen Betrag gespendet!"

Mit zufriedener Miene schaute Elias in Petrus' Gesicht. Aber dieser schüttelte nur den Kopf.

„Elias, das ist er nicht, du musst einen anderen suchen!"

Etwas beleidigt zog der kleine Engel davon, aber so schnell wollte er nicht aufgeben.

Freudig hüpfend stand er am nächsten Morgen wieder vor Petrus.

„Petrus, jetzt hab ich es. Das ist der Richtige, ganz bestimmt!"

„Ich höre", sagte Petrus ruhig.

„Also, da ist dieser Prominente, der hat vier Kinder aus Afrika adoptiert!"

Siegessicher schaute er zu Petrus hoch.

„Nein, nein, Elias, das ist nicht der Richtige! Such weiter!" Petrus schüttelte den Kopf.

„Aber Petrus, was ist denn dann eine gute Tat?", wollte Elias nun verzweifelt wissen.

„Eine gute Tat hat nichts mit Geld zu tun, sondern mit Selbstlosigkeit, Bescheidenheit und Nächstenliebe", erklärte Petrus in einem gütigen Ton.

Elias ging grübelnd davon. Er setzte sich auf eine Wolke und blickte auf die Erde hinab. Dort sah er einen jungen Mann, der schwer bepackt mit Tüten durch die Straßen zog. Elias vermutete, dass es sich hier um einen handelte, der dem Weihnachts-Shopping-Wahn verfallen war. Er wollte gerade schon wieder wegsehen, da erkannte er, dass der junge Mann an Türen klopfte und dabei Geschenke verteilte. Alte und kranke

Menschen öffneten ihm lachend. Freudig strahlten ihre Augen, als sie die liebevoll verpackten Geschenke in den Händen hielten. Als die Tüten des Mannes leer waren, machte er sich auf den Nachhauseweg. Er lebte in einer kleinen Wohnung, in der nur wenige Möbel standen. Aber der Mann sah nicht unzufrieden aus, leise summte er ein Weihnachtslied vor sich hin. Elias war verwirrt. Wie konnte ein Mensch, der so wenig hatte, so glücklich sein?

Etwas mutlos trat Elias am Weihnachtstag vor Petrus.

„Und Elias, hast du einen Menschen gefunden, der das Geschenk verdient hat?", fragte Petrus.

Elias wippte etwas verlegen auf seinen kleinen Füßchen auf und ab.

„Na ja, ich habe diesen Mann gesehen, er hat Geschenke an alle verteilt, obwohl er selbst nicht viel hatte, und hat keine Gegenleistung dafür erwartet."

Petrus setzte ein Lächeln auf. „Elias, das ist er! Genau dieser Mensch soll das Geschenk bekommen!"

Elias strahlte mit den Sternen am Himmel um die Wette. Petrus griff in eine kleine Schachtel und holte ein Paar goldfarbene Pantoffeln hervor.

„Die sollst du als Belohnung bekommen."

Der kleine Engel schlüpfte glückselig in die Pantoffeln und hüpfte wie wild von Wolke zu Wolke.

Zufrieden beobachtete er, wie das Christkind dem jungen Mann einen Weihnachtsbaum und ein Festessen bescherte.

Foto: Alfred Neudörfer

Ferdinand der Weihnachtsbaum

Ferdinand war eine kleine Fichte, die inmitten einer Plantage mit Nordmanntannen, Rotfichten, Kiefern, Edeltannen und Blaufichten stand. Das ganze Jahr über hatte Herr Simon, der Besitzer der Plantage, alle Bäume gehegt und gepflegt, damit sie für das Weihnachtsgeschäft so prächtig wie möglich waren. Eine Woche vor Heiligabend waren bereits die meisten Bäume verkauft und die Plantage hatte sich deutlich gelichtet. Ferdinand malte sich aus, wie es wäre, wenn er als Weihnachtsbaum in einem festlich geschmückten Zimmer aufgestellt werden würde, und strahlte dabei in freudiger Erwartung übers ganze Gesicht.

„Glaub ja nicht, dass DICH jemand kauft, wer will denn schon so eine mickrige Fichte wie DU es bist? Deine Äste können ja nicht einmal einen Strohstern tragen, ohne dass sie abbrechen", rief eine Nordmanntanne spöttisch.

„Als erstes werden sie mich kaufen wollen, denn für meine Äste mit den glänzenden, dunkelgrünen Nadeln
ist es kein Problem, auch schweren Baumschmuck zu tragen."
Ferdinand wurde wütend auf die Nordmanntanne, was wusste die denn schon. Doch sie hatte recht, am nächsten Morgen entschied sich eine Familie mit zwei Kindern für sie.
Ferdinand war sich trotzdem sicher, dass auch er am nächsten Tag ein neues Zuhause finden würde.
Eine Blaufichte sah dies jedoch anders.
„Mach dir keine Illusionen. Wer will denn so einen krummen Baum wie dich? Wir Blaufichten sind viel stärker und etagenförmig gewachsen. Außerdem riechen wir nach Wald. Das mögen die Menschen."

Auch die Blaufichte behielt recht, am nächsten Tag kam ein älteres Ehepaar und nahm sie mit zu sich nach Hause.

Eine große Nobilistanne schaute arrogant auf Ferdinand hinab.
„Ferdinand, du wirst mit Sicherheit in einem Kamin enden oder als Reisig auf dem Markt verscherbelt. Kein Wunder, wer will auch einen Baum, der schon am Zweiten Weihnachtsfeiertag alle seine Nadeln verloren hat! Ich habe meine Nadeln auch noch am Dreikönigstag und ich dufte nach Orangen, das soll mir erst mal einer nachmachen."
Die Nobilistanne grinste, als sie am nächsten Tag von einer Familie gekauft und behutsam in einen Anhänger gehievt wurde. Ferdinand weinte bitterlich, weil er jetzt fast alleine auf der Plantage stand. Vielleicht hatten die anderen Bäume tatsächlich recht.
Weihnachten war schon morgen und so einen kleinen Baum, wie er es war, mit schiefen und

schwachen Ästen, wollte anscheinend niemand haben.

Am nächsten Tag erschien Herr Simon mit einer Axt und Ferdinand fürchtete, dass dieser ihn nun wirklich zu Reisig verarbeiten würde. Doch zu Ferdinands Erstaunen fällte Herr Simon ihn, wickelte ihn in ein Netz und legte ihn in seinen Kofferraum. Nach einer kurzen Fahrt stoppte der Wagen und die kleine Fichte wurde ausgeladen. Herr Simon trug Ferdinand in ein unscheinbares Gebäude und stellte ihn in einem großen Raum in einem Christbaumständer ab.

Im nächsten Moment öffnete sich eine Tür und mehrere Kinder stürmten laut jubelnd in das Zimmer. Freudig liefen sie um den kleinen Baum herum und berührten neugierig seine Nadeln.

Eine junge Frau brachte eine Kiste mit Weihnachtsbaumschmuck und die Kinder begannen vorsichtig, diesen an Ferdinands Äste zu hängen.

Ferdinand hatte Angst, dass seine Äste diese Last nicht tragen könnten, aber zu seinem Erstaunen geschah nichts dergleichen. Von Minute zu Minute wurden seine Äste voller und bunter.

Glänzende Kugeln und bunt bemalte Holzfiguren schmückten sein Nadelkleid.

„Ist unser Weihnachtsbaum nicht wunderschön? Wie festlich geschmückt er ist", rief eines der Kinder freudig. Kurz darauf bewunderten die Kinder zufrieden ihr Werk. Sie brachten ein paar Geschenke, die in buntes Papier gewickelt waren, und legten sie unter Ferdinands Äste.

„Vielen Dank Herr Simon, dass Sie unserem Kinderheim wieder so einen schönen Weihnachtsbaum gespendet haben. Er passt perfekt zu uns", sagte die junge Frau lächelnd.

Ferdinand umgab ein Duft aus Mandarinen und Duftkerzen, munteres Kinderlachen erfüllte den Raum.

Er war überglücklich, ein schöneres Weihnachtsfest hätte er sich nicht wünschen können.

Foto: Alfred Neudörfer

Die Christbaumspitze

Weihnachten ist das schönste Fest und die Weihnachtszeit die schönste Zeit des Jahres! Oder? Also, seien wir doch alle mal ehrlich. Wenn wir schon Tage vor dem großen Fest durch die Gegend hetzen, Weihnachtspost an alle Verwandten und Freunde schicken, um die wir uns meistens das ganze Jahr über nicht geschert haben, und krampfhaft versuchen, für jeden das passende Geschenk zu besorgen und es am Ende doch ein Gutschein wird, dann kommen in uns allerhand Gefühle hoch, aber keine besinnlichen.

So war es auch an diesem Morgen des 24. Dezembers. Annette schickte mich und unsere beiden Kinder, Felix und Tessa, zuerst in den Kindergottesdienst und danach auf den Weihnachtsmarkt, damit sie in unserer kleinen Küche ungestört Braten, Kuchen und weitere Leckereien zubereiten konnte.

Den Gottesdienst hatten wir schon hinter uns gebracht. Zum Glück, denn ich wäre um ein Haar eingeschlafen, wenn mich der kleine Felix nicht angestupst hätte.

„Schau mal Papa! Da steht ein richtiger Esel in der Krippe", bemerkte er.

„Ja Felix, hab ich gesehen", flüsterte ich und meinte wohl eher „gerochen".

Während ich mit den Gedanken bei der Organisation des Ersten und des Zweiten Weihnachtsfeiertages war, zog mich Felix an der Hand quer über den Weihnachtsmarkt. Tessa war bereits vorausgerannt und bestaunte einen Stand mit glitzerndem Weihnachtsschmuck.

„Papa, denk daran, Mama hat gesagt, wir müssen noch eine neue Christbaumspitze besorgen, weil du sie gestern Abend beim Baumschmücken kaputt gemacht hast."

Tessa und ihr kleiner Bruder konnten sich ein Kichern nicht verkneifen. „Ja, ist ja gut. Hab ich nicht vergessen."

Wie sollte ich das vergessen! Annettes aufgebrachter Schrei hallte immer noch in meinem Ohr nach. Was konnte ich denn dafür, dass unser Baum dieses Jahr fast zwei Meter hoch war und die Spitze ohne Leiter unerreichbar. Annette hatte mich noch darauf hingewiesen, dass die Leiter im Keller darauf wartete, benutzt zu werden. Wegen einer Spitze in den Keller zu laufen sah ich als Zeitverschwendung an und machte es wie jedes Jahr, wenn Annette den Raum verlassen hatte: Baumspitze anpeilen, springen, Baum packen, Christbaumspitze drauf und loslassen. Na ja, ich muss euch wohl nicht erzählen, dass Annette nicht gerade begeistert war von der knapp an ihrem Kopf vorbeifliegenden Christbaumspitze. Ich fand die letzte Spitze sowieso kitschig und überließ nun Tessa die Auswahl. Sie entschied sich für eine rotlackierte, mit goldenen Sternen verzierte Glasspitze. Vorsichtig wickelte der Verkäufer

diese in Papier und legte sie in eine
Pappschachtel.

Felix verlangte noch einer Tüte gebrannte
Mandeln und dann steuerten wir den Ausgang
des Weihnachtsmarktes an. Ich überlegte
gerade, wo wir eigentlich geparkt hatten, da
blieben Tessa und Felix wie angewurzelt
stehen und zeigten auf einen alten Mann, der
auf dem Boden kauerte. Er hatte einen langen
weißen Bart und ebenso schneeweißes Haar.
Der Wind pfiff durch die Löcher in seinem
Mantel, sodass er zitternd die Hände
aneinander rieb.

„Ist das der Weihnachtsmann?", fragte Felix
und zog mich am Ärmel.

Ich konnte mir ein Lachen nur schwer
verkneifen, sah aber am Gesicht meiner
Kinder, dass diese Frage durchaus ernst
gemeint war.

„Nein, der Weihnachtsmann ist im Moment
mit seinem Rentierschlitten unterwegs und
liefert die Geschenke an die lieben Kinder

aus", sagte ich und schob meine Kinder weiter Richtung Auto. Aber diese schien meine Antwort nicht zufriedenzustellen.

„Sollten wir dem armen Mann nicht helfen? Sieh doch, er friert und Hunger hat er bestimmt auch", sagte Tessa und schaute mich ernst an.

„Tessa, wir können doch nicht einfach diesen fremden Mann mit nach Hause nehmen. Ich meine, er sieht dreckig aus und er riecht auch nicht besser als der Esel in der Krippe."

„Aber geht es nicht darum an Weihnachten?", fragte mich Tessa und verschränkte die Arme trotzig vor der Brust.

„Mama sagt immer, an Weihnachten hat man viel Arbeit, weil viele Leute zum Essen kommen und man muss jedem was schenken, ob man den mag oder nicht. Und man hat viel Stress", erklärte Felix altklug. Ich schüttelte völlig verwirrt den Kopf.

„Papa, was ist denn Stress?", fragte Felix und zog mich wieder am Ärmel.

„Das ist das, was Papa mit Mama bekommt, wenn wir einen alten, stinkenden Penner mit nach Hause bringen", erklärte ich und wollte mir am liebsten die Haare raufen. Nun schaltete sich Tessa ein.

„Das ist doch Unsinn Felix, an Weihnachten geht es darum, dass man mit den armen Menschen teilt, damit die auch ein schönes Fest haben. Und wenn es wirklich der Weihnachtsmann ist, dann müssen wir ihm auf jeden Fall helfen, sonst bekommen wir auch nichts zu Weihnachten."

Das war das Startzeichen für Felix, denn er fing augenblicklich an zu schreien, dass wir den Weihnachtsmann mitnehmen müssten, damit der noch rechtzeitig seinen Rentierschlitten erwischen und er sein gewünschtes Fahrrad bekommen würde.

Ich weiß nicht, was in mich gefahren war, aber ich sah mich den alten Mann ansprechen und im nächsten Moment machte er es sich neben Felix auf der Rückbank gemütlich.

Kurz darauf nahm der Weißbärtige bei uns zu Hause in meinem Ohrensessel Platz. Als Felix ihm freudestrahlend meine flauschigen Pantoffeln hinschob und Tessa ihm einen heißen Kakao reichte, wollte ich gerade eingreifen. Doch ein Klappern aus dem Keller ließ mich zur Treppe eilen. Annette schleppte Getränke hinauf und ich nahm ihr ein paar Flaschen ab.

„Da seid ihr ja wieder! Habt ihr an die Christbaumspitze gedacht?"

„Äh ja, klar. Du, Annette, ich muss dir noch was sagen", setzte ich an.

Meine Frau und ich erreichten das Wohnzimmer und sie fing an die Nase zu rümpfen.

„Sag mal, riechst du das auch? Stinkt nach altem Fisch oder nassem Hund."

Es grenzte an ein Wunder, dass ich Annette davon überzeugen konnte, den alten Mann nicht am Weihnachtsabend auf die Straße zu setzen und unseren Kindern dadurch ein

Vorbild zu sein. Schnell holte ich die Pappschachtel aus dem Wagen und wollte meiner Frau die neue Christbaumspitze präsentieren. Schon beim Auspacken hörte ich das Klirren und mir war klar, worauf sich unser „Weihnachtsmann" im Auto gesetzt hatte. Annette brach in Tränen aus und ich hätte am liebsten mitgeweint, tat es aber doch nicht. Zähneknirschend saßen wir kurz darauf am Esstisch, der Braten konnte meine Stimmung nun auch nicht mehr heben.

Ja, der kleine Felix hatte recht – Weihnachten war purer Stress. Wenigstens der alte Mann hatte seinen Spaß. Genüsslich schob er sich ein Stück Braten in den fast zahnlosen Mund und lachte dabei übers ganze Gesicht. Annette freute sich sehr, dass es dem Mann schmeckte und lud ihm einen Nachschlag auf den Teller, den er schmatzend verzehrte.

Als wir nach dem Essen das Wohnzimmer zur Bescherung betraten, stand der alte Mann staunend vor unserem üppig geschmückten

Weihnachtsbaum. Seine Augen leuchteten wie die eines Kindes. Mit den Fingerspitzen berührte er vorsichtig die Tannennadeln.
Felix sprang vor Freude auf, weil für ihn ein blaues Fahrrad neben dem Baum stand.
Annette hatte schnell ein Paar selbst gestrickte Socken für den alten Mann organisiert, das er sich dankbar über seine dürren Füße zog. Ich holte meinen alten Mantel aus dem Keller und drückte ihn unserem Besucher in die Hand. Er nahm ihn an sich und nickte mir lächelnd zu.
Bis spät saßen wir an diesem Abend zusammen. Die Kinder lauschten dem alten Mann, der ihnen Geschichten erzählte. Anette lehnte sich an mich und ich legte einen Arm um sie.

Am nächsten Morgen wachte ich auf dem Sofa auf. Annette lag neben mir und schlief noch friedlich. Die Kinder hatten es sich auf einer Decke auf dem Boden gemütlich gemacht. Ich ließ den Blick durchs Wohnzimmer schweifen, lief in die Küche und stellte fest, dass der weißbärtige Mann verschwunden war.

Ich kehrte ins Wohnzimmer zurück, wo inzwischen Annette und die Kinder aufgewacht waren. Felix rieb sich den Schlaf aus den Augen und rief erschrocken: „Wo ist der Weihnachtsmann?"

„Er ist fort, er musste doch noch die anderen Kinder beschenken", versuchte ich ihn zu beruhigen. Felix schaute traurig, nickte aber verständnisvoll.

„Da, schaut euch das an!", rief Tessa aufgeregt.

Ich folgte mit meinem Blick ihrem Finger, der auf den obersten Punkt unseres Weihnachtsbaumes zeigte. Hoch oben prangte die Christbaumspitze, die wir gestern auf dem Weihnachtsmarkt gekauft hatten. Das rot lackierte Glas war wieder heil, es schien zu leuchten und zu glänzen, die goldenen Sterne funkelten zu uns herunter.

Ob es wirklich der Weihnachtsmann war, der letzten Abend in unserem Haus zu Gast war? Ich habe keine Ahnung. Ich weiß nur, dass ich meine Familie noch nie so zufrieden gesehen habe.

Foto: Alfred Neudörfer

Der Weihnachtstraum

Ihr glaubt Weihnachten wäre stressig und nervenaufreibend und ihr fragt euch, wo denn die eigentliche Botschaft dieses Festes geblieben sei?
Dann hört euch meine Geschichte an.
Mein Name ist Henriette und ich bin eine Allroundmanagerin, auch bekannt als Hausfrau und Mutter. Was aber meiner Meinung nach die vielschichtigen Aufgaben dieser Stellung nicht gebührend betitelt.
Der Alltag einer Mutter mit zwei kleinen Kindern und einem pubertierenden Teenager wäre unter normalen Umständen schon eine Höchstleistung, was einem aber über die Feiertage abverlangt wird, ist mindestens das Bundesverdienstkreuz wert.

Das fängt bereits mit dem Geschenkekaufen an. Der kleine Max und sein Zwillingsbruder Tomi wünschen sich eine Wii mit Remote

Nunchuk Controller, Balance Board und Dockingstation. Was das ist? Ich habe keine Ahnung! Ich werde es im nächsten Einkaufszentrum von meinem Spickzettel ablesen und hoffen, dass die dort etwas damit anfangen können. Na ja, wenigstens bin ich in dieser Jahreszeit nicht die Einzige, die mit einem Zettel ihrer Kinder durch die Gegend irrt und versucht sich vor den Verkäufern nicht völlig zu blamieren.

Mein Mann wünscht sich das neue WM-Trikot, das mit den vier Sternen. Natürlich in jedem Laden vergriffen. Opa möchte diese scharfen Hustenbonbons, die es immer auf dem Jahrmarkt gibt, aber der findet natürlich nur im Frühjahr und im Herbst statt.

Am schlimmsten ist es, ein Geschenk für meine Tochter Pauline zu kaufen. In ihrem Alter kann das, was heute angesagt ist, morgen schon wieder „voll peinlich" sein. Aber irgendwas mit Handys kommt immer gut an – dachte ich zumindest.

Fragt mich mal jemand, was ich mir wünsche???

Einen sechswöchigen Urlaub auf einer Insel mit einem Schild, auf dem steht: „Quengelnde Kinder, nervige Senioren und undankbare Ehemänner bitte draußen bleiben!"

Und was bekomme ich stattdessen? Schlecht gehäkelte Topflappen, einen klobigen Schlüsselanhänger aus Holz und eine Parfümprobe aus einer Zeitschrift!

Wenn der Geschenkemarathon dann endlich beendet ist, fängt die Arbeit erst an.

Weihnachtskarten verschicken, Plätzchen backen, Festessen vorbereiten, Baum besorgen und schmücken, Wohnung auf Hochglanz polieren und weihnachtlich dekorieren.

Nicht einmal beim Iron Man gibt es so viele Disziplinen.

Ist das alles geschafft, muss man nur noch dafür sorgen, dass alle Familienmitglieder geschniegelt und gebügelt am Tisch sitzen.

Spätestens dann brauche ich ein Sauerstoffzelt – und Lächeln nicht vergessen!

Die Geschenke werden ausgepackt. Meinem Mann fällt leider gleich auf, dass der vierte Stern auf dem Fußballtrikot ein angeklebter Goldstern vom Weihnachtsschmuck ist. Tut mir leid, ich dachte, das würde doch keinen Unterschied machen. Pauline bekommt einen Tobsuchtsanfall, weil ihr die pinkfarbene Handyhülle viel zu kindisch ist.
Opa schimpft, die Bonbons wären die falschen und würden ihm am Gebiss kleben bleiben.
Meine zwei Söhne sind eigentlich zufrieden, na ja, fast. Da ich aus Versehen nur einen Joystick für die Spielkonsole gekauft habe, streiten sie sich lauthals, wer als erstes damit spielen dürfe.
Oh, du besinnliche Weihnachtszeit!
Völlig erschöpft sinke ich in einen Sessel und schlafe sofort ein.

Als ich wieder aufwache, ist es erstaunlich ruhig um mich. Keine streitenden Söhne, kein hysterischer Teenager, kein nörgelnder Opa, kein undankbarer Ehemann. Ich sitze ganz alleine in unserem Wohnzimmer vor dem schön geschmückten Weihnachtsbaum.
Ganz alleine setze ich mich an den Tisch, schneide den Braten an, nehme mir von den Klößen und dem Gemüse. Ist das nicht herrlich, niemand beschwert sich über das Essen, keiner schmatzt. Na ja, eigentlich schmeckt es mir besser mit einer gewissen Geräuschkulisse.
Auch nach dem Essen bleibt meine Familie verschwunden, ich setze mich wieder in den bequemen Ohrensessel und trinke in Ruhe einen heißen Tee. Weil es mir inzwischen zu leise ist und ich einen Tinnitus auf meinem rechten Ohr bekomme, schalte ich die Musikanlage ein und lasse Weihnachtslieder durch das ganze Haus hallen.

Eigentlich eine gemütliche Atmosphäre.
Dennoch, nach ein paar Minuten komme ich mir irgendwie komisch vor. Warum weiß ich eigentlich nicht genau, aber eines weiß ich, es macht keinen Spaß alleine hier zu sitzen und Weihnachten zu feiern.
Ich fange an nach meiner Familie zu suchen, schaue in jedem Zimmer nach ihr, ohne Erfolg. Es scheint, als hätte der Fußboden sie verschluckt. Langsam werde ich panisch, da trifft mich etwas am Kopf. Ich schrecke aus dem Ohrensessel hoch und muss feststellen, dass ich nur geträumt habe.

Ich sitze immer noch im Wohnzimmer zwischen meiner Familie und der altbekannte Lärmpegel holt mich in die Wirklichkeit zurück.
Nicht zu vergessen das blaue Auge, das ich von dem Joystick erlitten habe, den mir meine lieben Kinder in ihrem Streit an den Kopf geworfen haben. Obwohl mein Auge pocht

und langsam die Farbe wechselt, bin ich glücklich meine Lieben wiederzusehen. Meine Jungs schauen mich schuldbewusst an und warten wohl auf ihre Standpauke. Mein Mann bringt mir Eis, um mein Auge zu kühlen. Meine Tochter hat die ganze Aktion nicht einmal bemerkt und spielt mit ihrem Handy. Opa hat fast alle Bonbons aufgefuttert und ist eingenickt. Was für ein herrliches Bild!
Auch wenn mich meine Familie manchmal in den Wahnsinn treibt, missen möchte ich sie nicht und hoffe auf viele weitere Weihnachtsfeste mit ihnen.

Foto: Alfred Neudörfer

Lust auf mehr bekommen?

Kein Problem!

Lesen Sie auch meine beiden Romane

Motoröl & Puderdose

und

Backblech & Regenbogen

In jedem gut sortiertem Buchhandel
erhältlich!